D0394890

SAN DIEGO PUBLIC LIBRARY
JAMES T. BECKWOURTH BRANCH

AUG 0 7 2002

¡Qué te pasa, calabaza!

Premio de literatura infantil y juvenil

CASTILLO
DE
LA
LECTURA

—¡Es la Chori!

Ése era el nombre de una perrita bóxer de pelo rojizo, que por tragona parecía un chorizo.

La niña creyó que se trataba de algo sin importancia e iba a seguir durmiendo pero sintió que se le erizaba el cabello al oír que alguien, o algo, de enormes uñas, rascaba en alguna parte. Supuso que se trataba de la Chori, porque al ruido le siguió el chillido y luego un ladrido, corto y tímido.

Eso la tranquilizó. La hermana grande, con apenas seis años, conocía muy bien los ladridos de la perra. Por ellos sabía cuando su mascota estaba enojada, tenía miedo, sentía frío, trataba de asustar a un desconocido o estaba contenta y quería jugar o salir a pasear. Pero el ladrido que acababa de escuchar era diferente. Parecía una petición de auxilio, o una señal para tranquilizar a alguien o algo.

Para no despertar a su hermana chiquita ni a sus padres, caminó de puntitas hasta la ventana. Hizo a un lado las cortinas y miró hacia el

patio trasero. Afuera todo estaba húmedo y había charcos.

La Chori, muy atenta, veía algo que estaba en un rincón, entre varias macetas grandes, el bote de los tiliches y un tinaco. A ratos, con sus uñotas rascaba inquieta sobre un pedazo de metal que estaba fuera del bote.

La hermana grande pensó: «Debe ser una rata». Saltó a la cama de la hermana chiquita y la zarandeó.

—Despierta, manita —le dijo—, despierta.

La pequeña hizo muchísimos gestos antes de abrir los ojos lentamente y uno por uno.

—La Chori acorraló a una rata, manita —dijo la grande.

—¿Qué es lata? —preguntó la hermana chiquita después de hacer una mueca de fastidio y cerró los ojos.

—Una lata es una cosa en la que guardan comida —respondió.

—Choli, hamble —respondió la hermana…

—No, manita, no dije lata, dije rata, rrrata, animal —insistió la hermana mayor, sacudiéndola.

Los ruidos de la perrita, sobre todo los de las uñas rascando el

metal y los chillidos, reforzaron sus palabras. La pequeña se avivó y siguió a su hermana hasta la ventana.

La Chori no se había movido. Seguía en el mismo lugar, mirando algo que no distinguían las pequeñas. De vez en cuando, la bóxer volvía la cara hacia las niñas, como pidiéndoles ayuda, pero no abandonaba su puesto de observación.

—No nimal, Choli —dijo la hermana chiquita y caminó hacia su cama.

La hermanita grande fue tras ella.

—Tú no la ves, pero la rata debe estar ahí, mana, por eso la Chori está vigilando, para que la rata no se escape.

La pequeña acomodó la almohada, se metió el pulgar derecho en la boca y cerró los ojos. La hermana grande la movió:

—No te duermas, la rata puede morder a la Chori, las ratas son malas.

—¿Malas? —preguntó la hermana chiquita, con algo de miedo—. No lata, no vi.

—Mejor que ni la viste, manita, porque las ratas son feas… así

como… ¡Horrorosas, horrorosisisísimas!

La hermana chiquita se estremeció asustada. Entonces la grande comenzó a platicarle cómo eran las ratas.

La niña exageraba su descripción. A veces la rata parecía algo así como un dinosaurio, otras cucaracha, y otras más, dragón.

Decía tantas cosas tan raras, que a los pocos minutos la pequeñita se quedó dormida.

La hermana grande, emocionada con todo lo que estaba inventando de las ratas, se olvidó de lo ocurrido: de los chillidos, del silencio y también de la oscuridad. Se olvidó de que era una noche tenebrosa y acabó dormida en la cama de su hermanita y abrazada a ella.

De pronto, se escuchó un chillido. Y luego… se oyó de nuevo, ahora era casi un aullido de la Chori. Los ojos de la hermanita grande se abrieron…

Era un día muy claro. De esos que hay cuando no está nublado, o también cuando el sol sale esplendoroso; y además era domingo.

Otra vez se escuchó el chillido.

«Es la Chori», se dijo la niña de nuevo y se acercó a la ventana.

La perrita seguía frente al tinaco, el bote de los tiliches y las grandes

macetas, mirando algo. Cuando la
pequeña iba a llamar a su hermana
menor, ésta llegó junto a ella,
todavía chupándose el dedo de una
mano y tallándose los amodorrados
ojos con la otra.

—¡Qué te pasa, calabaza!, oyí lata
—dijo.

—Sigue ahí —comentó la
hermana mayor.

Sin decir más se calzó las
pantuflas y salió de la recámara. La
hermana chiquita fue tras ella.
Ambas se asomaron al dormitorio

de sus padres, quienes dormían profundamente. Bajaron al patio trasero.

Al salir las pequeñas, la Chori volteó a mirarlas y dijo (aunque los perros no hablan) algo entre gruñido, ladrido y bufido. Pero no se movió. Seguía mirando atenta hacia ese algo misterioso que estaba en el rincón.

—¿Qué hacemos, manita? —preguntó la mayor.

—Tengo susto, mana —respondió la menor.

Como no se movían, la Chori fue hacia ellas y con discretos

empujoncitos hizo que la hermana grande avanzara.

—¡Mira, manita! —gritó casi cuando estuvo frente al misterioso rincón.

—¿La lata, mana, la lata? —respondió la otra, asustada y al mismo tiempo intrigada por lo que su hermana había descubierto.

—No, manita, ven, no tengas miedo.

La chiquilina avanzó muy despacio, de puntitas y sintiendo que el corazón le latía como un sapo loco queriendo brincar.

Cuando llegó junto a la hermana miró hacia el rincón y se quedó inmóvil…

Y además bastante confundida, porque en ese momento no sabía si seguir asustada, pues enfrente no había ningún monstruo ni cosa que se le pareciera. También ignoraba si debía sorprenderse, pues lo que estaba viendo era bastante pequeño y… ¿Qué era? ¿Cómo debía comportase y qué debía sentir?

—¿Ves, manita…?, es un pajarito mojado y con frío, está temblando —observó la hermana más grande.

—¡*Ah*! —comentó la otra, llanamente.

En realidad, seguía sin saber cu
debía ser su comportamiento.

—Pobrecito, ¿verdad?

—Sí, polecito, mana, Choli sustó
con dientotes —respondió sonriente

porque al fin se enteraba del
misterio.

La hermana grande alargó sus
brazos hasta el rincón y cogió al
pajarito, que en verdad
temblaba de frío y miedo.
Lo cobijó entre sus manos.

—Trae unas servilletas, manita.

La pequeña corrió hacia la casa, obediente.

La Chori se sentó muy formalita y observó, curiosa, tanto a la avecilla como la operación de secado que realizaban las niñas.

—Choli quele comélselo.

—No, yo creo que lo estaba cuidando desde anoche, por eso no se movía. Hasta nos estaba avisando para que viniéramos a ayudarlo.

La perrita movía la cabeza a un lado y se quedaba mirándolas; luego al otro y seguía observándolas. Parecía tranquilizarse y sentirse más contenta a medida que el pajarillo se reanimaba. Las hermanitas lo colocaron sobre el bote de los tiliches, donde caían espléndidos, luminosos y tibios rayos que se desprendían de un sol cachetón y sonriente.

El sol sonreía amarillo y pleno, porque le daba gusto lo que estaban haciendo las pequeñas. El

pajarillo sacudió las plumas de su cuerpecito y luego extendió sus alitas y las movió alegre. Como cuando uno estira los brazos, o todo el cuerpo, después de un viaje de muchas horas, o por las mañanas, al dejar la cama.

La Chori, al ver eso, se enderezó y dio un paso hacia el avecilla, pero…

—¡Deténla, manita, que no se le acerque! —gritó la mayor.

Y su hermanita obediente, la tomó del collar y le ordenó:

—¡Chentada, Choli!

La perrita obedeció y una sombra de tristeza asomó a su cara.

Las niñas y la perrita observaron durante varios minutos cómo la alegría del pajarito crecía a medida que el sol secaba y entibiaba sus plumas. A veces las miraba, daba unos pasitos para un lado —hacia ese lado se inclinaba la cabeza de la Chori— luego regresaba al punto

inicial; daba unos aletazos y
enseguida tres pasitos hacia el
otro lado. También para ese otro
lado inclinaba la Chori
su cabeza.

De pronto, el ave aleteó con
fuerza y despegó jubilosa, para
volar en círculos y no muy alto.
Parecía estar probando su equipo
de vuelo. La Chori ladró contenta,
la hermana mayor dio de brincos,
alegre, y la más pequeña también
brincaba, pero dando manotazos en
el aire.

—¡No te vayes, no te vayes!
—gritaba porque creía que su

hermana trataba de evitar
que se escapara el pajarillo.

Las hermanas y la perrita se
quedaron paralizadas por la
sorpresa, porque también de
pronto, cuando se echó a volar, el
pajarillo se detuvo de nueva cuenta
en el bote de los tiliches. La Chori
se acercó muy despacio, la
hermanita más grande se cubrió los
ojos con las manos, temiendo lo
peor, pero la curiosidad la hizo
entreabrir dos dedos, así pudo ver
cuando el hocico de la perrita se
aproximó al pajarito y… lo
olisqueó, curiosa. ¡Entonces ocurrió
lo inevitable…!

El pajarillo acercó su piquito
hasta tocar la nariz de la Chori.

—¡Mira, manita, le dio un beso, le dio un beso! —gritó la hermana mayor escandalosamente.

Y lo hizo con tal fuerza que la avecilla, asustada, emprendió el vuelo.

La hermana menor, por su parte, creyó ver que un rubor muy especial teñía los cachetotes de la bóxer.

—¡Ya son novios, ya son novios! —canturreaba la mayor.

La otra la acompañaba repitiendo:

—¡Ñovios… ñovios…!

Ambas brincoteaban y la perrita, siguiendo el ejemplo, comenzó a ladrar y saltar como loca.

El pajarillo voló sobre ellas un poco más, como despidiéndose, y finalmente reemprendió el camino que seguramente debió interrumpir la noche anterior, obligado por la lluvia que empapó sus plumas.

II

El gran peligro

Ese día Carmelita, que así se llamaba la hermana grande, estaba muy distraída; pensaba si era posible que un pajarillo y una perrita como la Chori fueran novios.

Ése era un verdadero problema, pues no acababa de imaginar si los hijitos serían unos pájaros del tamaño de la Chori, o unos perritos de la medida del pajarito, o un perrito con alas, como los caballos con alas que se llaman pegasos.

«¡Sí, perritos con alas! Eso podría ser, y seguramente se verían muy bonitos, ¿no?»

Estaba tan distraída pensando sobre el noviazgo de la Chori, que cuando sonó el timbre para salir al recreo y sus compañeritos gritaron alborozados, ella se asustó y tiró sus lápices de colores.

Generalmente, eso les pasa a los niños cuando están en la escuela. Porque a veces hay algo que los distrae, y cuando suena el timbre o la campana para el recreo, todos se alegran tanto, que gritan entusiasmados, quizá sólo por gritar, o tal vez porque la profesora decía algo interesante o el cuento que leía estaba en lo más emocionante cuando ¡*riiing*! A lo mejor los niños hubieran preferido seguir oyendo el cuento, pero no, todos gritan y ¡corren al patio!

Pero regresemos al salón de clases con Carmelita, que a gatas y por debajo de los pupitres buscaba sus lápices de colores.

El salón había quedado vacío, no había niños, ni profesora, ni alguien más, sólo un silencio espeluznante.

«¡Qué mensa eres!», se dijo la pequeña, molesta por su descuido.

Ya sólo le faltaba encontrar dos lápices cuando se dio cuenta de que el silencio era tan grande que daba mucho miedo.

—Debo darme prisa —se dijo, y justo en ese momento creyó escuchar algo.

Detuvo sus movimientos y se alertó.

«Estoy equivocada», pensó la niña, «no creí escuchar algo, ESTOY ESCUCHANDO los pasos de alguien que viene para el salón.»

¡Y ella estaba solita! Por eso, al igual que otras veces, sintió que el corazón se le convertía en un sapo loco, que sin ton ni son empezaba a brincotearle en el pecho.

Encogió el cuerpo y contuvo la respiración para no hacer ruido y poder cerciorarse de que todo se lo estaba imaginando. Pero no. Ni siquiera así dejó de escuchar las pisadas de quien se acercaba al aula. *Clac, clac, clac, clac…* sonaban

cada vez más cerca los pasos. *Clac-clac, clac-clac, clac-clac…* Eran dos. *Clac-clac, clac-clac, clac-clac…* ¡Sí…! Eran dos, pero no los pasos, sino las personas que se aproximaban.

Clarito oyó cuando entraron al salón y comenzaron a mover cosas, como buscando algo. Carmelita se encogió más para que no la vieran, y aguantó la respiración con fuerza, para que no la oyeran.

Sintió que comenzaba a ponerse morada cuando oyó una voz que le pareció conocida.

—¿Ya vieron las esdrújulas tus pequeños?

—Todavía no —respondió otra voz, que reconoció de inmediato—. Creo que sería peligroso, podrían asustarse y…

No había dudas, era su profesora. Respiró aliviada pero no salió, pues creyó que la maestra pensaría que estaba espiando. Además, eso de las… ¿cómo había dicho?

—Yo creo que es a ti a la que le dan miedo las esdrújulas —apuntó la otra voz.

Carmelita pensó que se trataba de la profesora de 1° B, muy amiga de su maestra aunque a veces medio gruñona.

«Las esdrújulas», pensó la pequeña y comenzó a repetir la palabra en silencio, para memorizar el nombre de algo que seguramente era un animal horrible.

—Por lo menos habrán visto los diptongos —insistió la otra maestra.

—Tampoco. Tengo miedo
—respondió su maestra.

¡También había otras criaturas que se llamaban...! ¿Cómo?

—Pues tienen que ver los diptongos ya o se van a atrasar muchísimo.

—Los diptongos —repitió Carmelita—. Esdrújulas y diptongos, esdrújulas y diptongos, esdrújulas y diptongos...

Y mientras más repetía más se le ponía la carne de gallina.

—Aquí está mi torta —dijo su profesora y agregó—: Vamos por un refresco y te cuento por qué me da miedo que los peques vean ya…

Las últimas palabras apenas las oyó, pues las maestras salieron del salón muy rápido.

Esa misma noche, después de que la mamá les puso su piyama, las acostó, les dio su besito y apagó la luz… ¿Y qué creen…? Paloma, la hermana menor, abrazó su cobija y se quedó bieeen dormidota, chupándose el pulgar, pero Carmelita no.

En la oscuridad de la recámara, la pequeña parecía una lechuza con los ojotes pelones, que de vez en cuando se movían de un lado a otro, vigilantes.

De pronto se oyó una voz como de chicle, que decía:

—*Yelumttt*.

Los ojos de la pequeña no se abrieron más, porque ya no podía, pero de inmediato miró a su hermanita, quien abrió los ojos, se sacó el pulgar y dijo:

—Ya, luémete, mana.

—No puedo —respondió Carmelita.

Entonces, Paloma se sentó en la camita y le preguntó:

—¿Qué te pasa, calabaza del montón?

Sin dejar de mirar para un lado y otro de la habitación, atenta a cualquier movimiento o sombra intrusa que se presentara, respondió:

—Las esdrújulas, manita, no sea que vengan.

Paloma torció la boca y con los brazos en jarra preguntó.

—¿Las que que qué?

Carmelita se sentó en la cama y respondió:

—Las esdrújulas.

Paloma guardó silencio por unos segundos, pensativa. Sí, estaba segura de que nunca había oído esa palabra, así que finalmente interrogó a su hermana.

—¿Qué es lújula?

—Son unos animales muy feos, que se parecen a los diptongos —contestó.

Paloma casi dio un brinco al hablar.

—¿Qué, que que qué?

Carmelita, cada vez más nerviosa, insistió.

—De-i-pe-tongo, diptongo, ¿ya?

—A mí no shutan.

—Porque nunca has visto uno, manita, pero son, son… ¡horribilisísimos!

Paloma miró con algo de dudas a su hermana.

—¿Con dientes y cola, mana?

Carmelita, con grandes ademanes y gesticulando, continuó:

—Los que tienen dientotes y cola son los más normales; los otros son en verdad espantosos. Son peligrosísimos. Tienen dientototes y colototota, también la piel como de, como de esa fibra que usan para limpiar los excusados, y luego también tienen unas uñototas de una como gelatina de fierro y son como… como y también son… son… ¡espantosísimos…! Pero las esdrújulas son peores. Son como brujas feisísimas, pero con los dientototes y colototota y las uñototas de los diptongos, pero también, también…

Paloma comenzó a pensar que su hermana no bromeaba, y por lo tanto empezó a sentir un poquito de miedo. Se quedó mirando en silencio. Carmelita estaba por reanudar su historia de los diptongos y las esdrújulas pero un grito escapó de la garganta de ambas hermanitas cuando se abrió la puerta de la recámara.

— ¡*Aaaay*!

Cerraron los ojos horrorizadas, creyendo que había entrado un diptongo descomunal, o una esdrújula tremenda.

Se abrazaron
para esperar

la mordida del monstruo, pero en lugar de eso... Se oyó la voz de la mamá.

—¿Qué tienen, chamacas, por qué no se han dormido?

Paloma se arrojó a los brazos de su madre, llorando, y también Carmelita corrió a abrazarse de ella, llorosa.

—¡Tongo, mami, tongos! —decía entre sollozos la pequeña.

—¿Qué las asustó tanto, díganme? —interrogó la mamá, preocupada.

—¡Los... *buuuua*... lientototes... *buuua*... las uñototototas... *buuuua*... y la cola... *buuua*!

—¿De qué me está hablando tu hermanita? —le preguntó a la mayor.

—¡De los diptongos y las esdrújulas, mami, son unos monstruos horribilisísimos! ¡Estamos en peligro, mami!

La mamá movió la cabeza de un lado a otro, sonrió tranquila, y con ternura y paciencia, las fue calmando. Cuando logró acostarlas de nuevo, les preguntó de dónde habían sacado esa idea de las esdrújulas y los diptongos.

Entonces, Carmelita le explicó lo ocurrido en la escuela. La mamá sonrió, les acarició la carita a ambas y le dijo a la mayor.

—¡Ay, hijita, de veras que tienes mucha imaginación, pero a veces te pasas…!

—No lo estoy inventando, mami, las esdrújulas y los diptongos existen —argumentó la niña.

—¡Claro que existen! —respondió la mamá.

De inmediato las dos chiquillas se le abrazaron del cuello.

—Por eso nos asustamos, mamita, porque un diptongo quería meterse...

—Tranquilas, sí existen. Pero no son lo que ustedes piensan —apuntó la mamá—, ni creo que quisieran entrar, porque... ¿saben

una cosa...? Aquí en la casa ya hay muchos diptongos y esdrújulas.

—¡Córrelos, mami!

—¡Que se vayen, mami, me shutan!

—Sí, claro, pero díganme dónde están, yo no los veo.

Las hermanitas comenzaron a buscar con la mirada por toda la habitación, pero ciertamente no veían nada. Inquietas, ambas miraron a su madre...

—No los ven, ¿cierto? Yo les voy a decir dónde están.

Hizo una pausa, durante la cual ninguna de las pequeñas dejó de mirarla.

—Yo creo que —continuó la mamá—, en tu mochila, Carmelita, debe haber un buen número de esdrújulas y diptongos.

—No, mami, traigo nomás libros, cuadernos y útiles y… bueno, también la torta de hoy en la mañana, porque no me la comí. Además no cabría una esdrújula, ni un diptongo que son…

—¡Horribilisísimos! —la interrumpió su mamá—, según tú, pero no. Lamento decirte que las esdrújulas son un tipo de palabras, nada más, y supongo que tu maestra te las explicará un día de éstos.

—¿De veras son palabras, mami? ¿Cómo cuáles?

—Precisamente como *esdrújula*, o como *duérmanse*, que es lo que deben hacer ya.

—Pero los diptongos no son palabras, ¿verdad?

—Desde luego que no.

—Lo ves —insistió Carmelita, ante el azoro de Paloma—, ésos sí son unos monstruos…

—Espantosísimos, según tú —completó la señora—, pero te equivocas de nueva cuenta, hijita. Un diptongo son dos vocales juntas… Pero eso ya te lo explicarán en la escuela, cuando la maestra lo crea oportuno. Ahora duérmanse, palabra que también es esdrújula, duérmanse y sueñen con los angelitos.

De nuevo las arropó, les dio su besito y bendición a cada una , para que se tranquilizaran.

—¿Angelitos no es lújula?

—Claro que no, chamaca, angelitos es una palabra... los angelitos son unos niños con alitas, tú lo sabes bien.

Las besó de nuevo y apagó la luz.

Paloma abrazó su cobijita, y se quedó bieeen dormidota, chupándose (también es una palabra esdrújula, ¿verdad?) el dedo. Carmelita cerró los ojos, y recordó a los perritos con alas, se imaginó que estaba jugando con ellos, y poco a poco se quedó dormida.

III

La glotona

Una tarde, Paloma se aburría en un sillón de la sala; trataba de dormir una siesta abrazada a su cobija y chupándose el pulgar. Carmelita hacía la tarea en el comedor. La Chori andaba dentro de la casa olisqueando lo que encontraba a su paso. Paloma, al verla, saltó del sillón y corrió hacia ella, gritando:

—¡Choli, Choli, juga conmigo!

La perrita se alborotó de inmediato y comenzó a ladrar y brincotear muy contenta.

Carmelita, quien estaba concentrada en su tarea, se sobresaltó al escuchar los gritos y los ladridos, y sin querer hizo un rayón en el cuaderno.

—¡No griten, estoy haciendo mi tarea! —protestó la pequeña.

—¿Qué talea? —alegó Paloma.

—Pos cuál ha de ser, la que me dejaron en la escuela, la de los diptongos.

La sola mención de la palabra bastó para que la pequeñita se

detuviera y le ordenara a su
mascota que se sentara. Luego, de
puntitas, se acercó a la mesa, trepó
sigilosamente por una silla, apoyó
las manitas en la mesa, estiró el
cuello y se puso a fisgar lo que
escribía su hermana; hizo un
mohín y:

—No sheto, mana, no son
nimales.

Sin dejar de escribir, Carmelita le
respondió:

—Dije diptongos, no animales.
¿De dónde sacaste que estaba
dibujando eso?

—Tampoco son lújulas, mana. —insistió la pequeña.

Fue entonces cuando la hermana mayor comprendió a qué se refería.

Recordó lo que su mamá les había dicho tres noches antes, y tambíen le contó lo que ese día le había explicado la maestra a todo el grupo de 1° A. O mejor dicho, trató de decírselo, porque en cuanto Paloma recordó que los diptongos y las esdrújulas no eran "unos animales espantosísimos", brincó al piso y reanudó sus juegos con la Chori.

Carmelita las invitó una y otra vez a que se fueran a jugar al patio

y la dejaran hacer la tarea. Paloma, como si estuviera sorda, le respondía:

—¡Qué te pasa, calabaza del montón!

Y seguía jugando con la perrita que no estaba sorda, pero como cualquier mascota, no entendía bien las palabras.

—¿Si te cuento un cuento se van a jugar a otro lado y me dejas hacer mi tarea? —preguntó Carmelita, pues se acordó que su mamá hacía

eso cuando Paloma estaba "desatada". Es decir, cuando se ponía loquita-loquita: corría saltaba, gritaba, hacía travesuras, berrinches y… sí, todo lo que cualquier niño o niña hace cuando se quiere divertir en grande o simple y sencillamente quiere ahuyentar el aburrimiento.

—¿El cuento es de lújulas? —preguntó la pequeñita.

—No, es de… ¡mariposas! —respondió la otra.

Paloma lo pensó por un momento.

Luego, se encaminó hacia el sillón, mientras con ademanes y gestos de autoridad, le ordenaba a la Chori que ella también se sentara a oír el cuento. La niña se instaló en el sillón, muy comodona, con los pies en uno de los descansabrazos y su cobijita a un lado, por si sentía sueño.

Carmelita comenzó a contarle cómo hace muchos, muchos, muchos años, había una mariposa bellísima, cuyas alas estaban teñidas de colores muy vivos, luminosos y alegres.

La mariposita se llamaba Paloma y...

—Como yo —interrumpió la pequeñita.

—Sí, como tú, y vivía feliz en un jardín llenisisísimo —así dijo Carmelita—, de flores y que... ¿qué crees...? El jardín llenisisísimo de flores estaba rodeado por otros jardines bellísimos, llenototes de todos los colores y perfumes que te puedas imaginar.

—¿Cómo los de mami, mana?
—preguntó Paloma.

Carmelita quedó desconcertada,
no sabía qué le preguntaba.

—Los peljumes de las botellitas
—insistió.

—No, el perfume de las flores es
puro olor, sin botellita.

—¡*Aaah!*

Por eso, la mariposa vivía feliz y
se pasaba el día volando de flor en
flor chupando la mielecita que éstas
le ofrecían. Después del atardecer,
volaba a la rama más alta de un
árbol altisísimo, escogía una hoja
muy cómoda, la más blandita que
hubiera, y abrazada a otra hojita
miraba las estrellas…

—Y también la lunotota —agregó
la pequeñita.

—Porque en aquel jardín, las
estrellas brillaban siempre
—continuó Carmelita—. Así,
Paloma, la mariposa de las alitas de
mil colores, dormía a pierna suelta
toda la noche.

La Chori, cansada de tanto *güiri-güiri* que no entendía, acabó echándose por completo. Colocó su hocico sobre sus patas y de vez en cuando, levantaba la mirada aburrida para cerciorase de que sus amas seguían en lo mismo. Carmelita estaba tan emocionada con su historia que ya estaba trepada en el mismo sillón que su hermana.

—Y ahí tienes que un día, manita, ¿qué crees…?

Paloma, con los ojos bien abiertos, movió la cabeza para un lado y otro, porque ¡no sabía qué le había pasado ese día a su amiga, la de las alas de mil colores!

—La mariposita estaba posada en un planta que tenía muchas flores pequeñas de todos los colores y repletas de miel. Probó la miel de una de ellas y agitó sus alas regocijada, porque le pareció deliciosa y muy dulce.

Estaba tan emocionada y feliz probando el jugo de tantas y tan bellas florecitas, que no escuchó los pasos de alguien que se acercaba peligrosamente hacia donde ella estaba.

Las alas de mil colores de Paloma se movían alegres, mientras sorbía la miel de una flor con pétalos de todos los colores. De pronto apareció una "manota grandisísima" —así dijo Carmelita— que arrancó esa flor y todas las que estaban a su alrededor. Rápidamente, la mariposa voló asustada, pero se detuvo para averiguar, desde prudente distancia, qué había ocurrido.

Ahí estaba una niña enorme, que se comía las flores a puños, y hacía al triturarlas con la boca un ruido como *cronchi-crichi-cruuchi*. Devoraba las flores con tanta avidez que la mariposita creyó que muy pronto el jardín se quedaría sin una sola. Eso le dolió tanto, que comenzó a llorar.

Y lloró y lloró tantisísimo, que no se dio cuenta de que con las lágrimas que escapaban de sus ojitos de mariposa, también se le estaban yendo los colores de sus alitas.

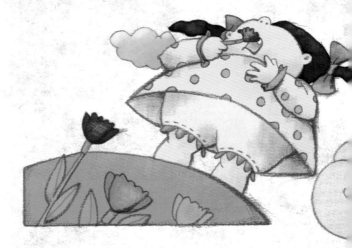

Con cada lágrima que rodaba,
también se iba uno de los mil
colores de sus alas, y como lloró
más de mil lágrimas, la mariposita
se quedó con las alitas
completamente blancas.

Dejó de llorar cuando oyó
quejidos, y entonces vio

que la niña glotona se alejaba
haciendo muecas y agarrándose la
panza, porque de seguro le dolía
por tantas flores que se había
comido. La mariposita se
puso contentisísima al ver
que aún quedaban muchas
flores en su jardín y en los
jardines vecinos. Pero entonces…

Se dio cuenta de que sus alitas ya
no tenían mil colores, que se habían
despintado con sus lágrimas, y otra
vez quiso comenzar a llorar. De
pronto, unas florecitas la llamaron y
ella acudió para ver qué deseaban
sus amigas. Se posó en ellas y las
ganas de llorar se esfumaron,

porque en ese momento se dio cuenta de que sus blancas alas se veían preciosas entre los mil colores de sus amigas. Sonrió feliz, suspiró, y comenzó a volar de flor en flor, como siempre lo había hecho.

—¿Te gust…? —iba a preguntar Carmelita.

Pero ya no lo hizo, pues la Chori estaba roncando y Paloma también estaba bien dormidota, chupándose el pulgar y abrazando su cobija. «Bueno, al menos ya voy a poder hacer mi tarea», pensó y saltó del sillón para irse al comedor, cuando se oyeron aplausos.

Sorprendida, vio que eran de su mamá, quien desde la puerta de la cocina aplaudía sonriente y le decía:

—Qué bonito cuento, hijita, ¡bravo!

Y ese comentario, ¡hizo que Carmelita se ruborizara!

Esta obra terminó de
imprimirse en octubre de
2001 en los talleres de
Editorial Impresora Apolo, S.A. de C.V.
Centeno 162 local 2 Col.
Granjas Esmeralda
Delegación Iztapalapa
México, D.F.

El tiraje consta de
10000 ejemplares más
sobrantes de reposición.